LEGO® CITY

CHASE MCCAIN : AU VOLEUR!

Trey King
Illustrations de Kenny Kiernan
Texte français de Josée Leduc

SCHOLASTIC

Catalogage avant publication de Bibliothèque et Archives Canada

King, Trey
[Detective Chase McCain, stop that heist! Français]
Chase McCain : au voleur! / Trey King ; Kenny Kiernan, illustrateur ; texte français de Josée Leduc.

(LEGO City)
Traduction de : Detective Chase McCain, stop that heist!
ISBN 978-1-4431-5491-8 (couverture souple)

I. Kiernan, Kenny, illustrateur II. Titre. III. Titre : Detective Chase McCain, stop that heist! Français

PZ23.K5456Cha 2016 j813'.6 C2016-902748-1

Édition publiée par les Éditions Scholastic, 604, rue King Ouest, Toronto (Ontario) M5V 1E1 avec l'autorisation de The LEGO Group.

5 4 3 2 1 Imprimé aux États-Unis 40 16 17 18 19 20

Conception graphique d'Angela Jun

Une soirée costumée a lieu au musée de LEGO® City.
Tout le monde vient admirer les œuvres d'art, les trésors et le fameux diamant bleu!
MUSÉE
GRAND GALA COSTUMÉ

Les invités s'amusent comme des fous, sauf le détective Chase McCain.

Chase pense qu'une bande d'escrocs va essayer de voler quelque chose ce soir, au musée. Mais où est Chase? Il s'est déguisé!

Chase McCain est un maître du déguisement!

Avant la soirée, il a essayé plusieurs costumes pour tromper les escrocs.

Le roi de la mer? Royalement suspect.

Un extraterrestre?
Extra bizarre.
Un homme des
cavernes?
Parfait!

Chase McCain a raison. Une bande d'escrocs planifie un vol au musée ce soir.
Mais il ne s'agit pas de n'importe qui. Ce sont les escrocs les plus rusés de LEGO City : Gregor, Greta et Gary.

Dave est leur chauffeur. Il pense plus à manger qu'à planifier le vol.
MUSÉE
GRAND GALA COSTUMÉ
Croyez-vous qu'il y a des collations au musée?

Les escrocs préparent ce vol depuis des semaines.
Gregor sait lire les plans.
SMASH
Greta est excellente en karaté.

Gary est fort,
mais avide.
PIZZA
BUFFET GRATUIT
ZZA
ZZA
PIZZA
Dave est bon conducteur,
mais manger est sa
spécialité.
PIZZA

Les escrocs font leur entrée à la soirée costumée, puis s'éloignent pour explorer le musée.
Les invités ne les remarquent pas, mais Chase McCain se doute de quelque chose.
Assez mangé. Allez, viens!
Mais j'ai faim!

Gregor, Greta et Gary se faufilent en douce dans le corridor du musée.

Dave fait du bruit.

Le diamant bleu va nous rendre riches!
Les escrocs trouvent ce qu'ils cherchaient... le fameux diamant bleu d'une valeur inestimable!

C'est gagné!
J'ai encore faim.

Gregor vérifie qu'il n'y a pas de piège.
Greta découpe la vitre et prend le diamant bleu.

Gary tire Greta en lieu sûr. Les escrocs ont réussi leur coup...
Jusqu'à ce que Dave, le glouton, déclenche l'alarme.
DRIIIIINNNGG!!!
Oups!

Arrêtez, criminels!
Les voleurs tentent de s'enfuir.

Je gâche
de la nourriture
délicieuse!
Vous volez des
œuvres hors de prix!
Mais Chase peut compter
sur des renforts.

Gary, l'avide, essaie de s'enfuir tout seul de son côté avec son butin...

Mais l'équipe d'intervention d'urgence l'attend dehors.
Nous tenons le premier voleur.

Au nom de
la loi, je vous
arrête!
MUSÉE
GRAND GALA COSTUM

Gary s’est fait capturer, mais Gregor, Greta et Dave sont rapides. Ils foncent vers leur voiture.

Vite!

La cuisse de dinde est délicieuse. Je peux retourner en reprendre?

Non!

C’est la poursuite! Chase McCain suit
les super escrocs de près sur sa moto.

Dave démontre ses talents de conducteur.
Mais arrivera-t-il à semer Chase McCain?

Dave pourra-t-il contrer l'équipe d'intervention d'urgence?
Oh, oh!

BOUM!

– Chase McCain et son équipe arrêtent les escrocs et remettent le diamant bleu au directeur du musée.
PIZZA
Vous avez le droit de garder le silence...

Encore toi?!
Je ne peux pas m'en empêcher.
PIZZA
ZZA

Maintenant, LEGO City est en sécurité. Chase McCain et son équipe ont sauvé la situation une fois de plus!
0380
380
80

À Chase McCain!
Tout ça en un seul jour de travail!

COLLECTIONNE-LES TOUS!

SCHOLASTIC